ENTRE A LUCIDEZ E A VERTIGEM:

O realismo crítico de Graciliano Ramos

Por Ivan Marques

A obra romanesca de Graciliano Ramos é relativamente pequena. Seu efeito, porém, foi e continua sendo, depois de quase um século, dos mais impactantes. Mesmo concisa, a ficção de Graciliano mescla, sintetiza e supera as diversas experiências do chamado "romance de 30" — fase áurea do gênero no país, que vicejou especialmente no Nordeste — e logo foi consagrada como um dos principais monumentos da literatura brasileira. Com grande sofisticação, o escritor transpõe para o solo nordestino inovações do moderno romance europeu.

Escritor autodidata e culto, Graciliano Ramos se formou sozinho no sertão alagoano, sem conviver com colegas de profissão. Foram "quinze anos completamente isolado, sem visitar ninguém", com "tempo bastante para leituras", afirmou certa vez o romancista, referindo-se ao longo período de 1915 a 1930, quando irromperam as experimentações vanguardistas e o ideário político que desencadeou a Revolução de 30.

Graciliano recusava qualquer envolvimento com o movimento modernista: "Sempre achei aquilo uma tapeação desonesta. Salvo raríssimas exceções, os modernistas brasileiros eram uns cabotinos. Enquanto outros procuravam estudar alguma coisa, ver, sentir, eles importavam Marinetti." E sempre ressaltava seu isolamento geográfico: "Enquanto os rapazes de 22 promoviam seu movimentozinho, achava-me em Palmeira dos Índios, em pleno sertão alagoano, vendendo chita no balcão."[1]

Nascido em Quebrangulo (AL), em 27 de outubro de 1892, numa família de pequenos comerciantes e criadores de gado, o escritor passou a infância e a adolescência em fazendas do interior de Alagoas e Pernambuco. O aprendizado das letras foi difícil e tumultuado: "Aprendi a carta de ABC em casa, aguentando pancada", relatou.[2] Muito cedo, porém, ele começou a publicar contos e sonetos na imprensa local.

Em 1914, aos 22 anos de idade, Graciliano deixou Alagoas para tentar uma carreira literária no Rio de Janeiro, onde trabalhou em jornais. Entretanto, no ano seguinte, foi obrigado a regressar, pois estava perdendo irmãos e familiares numa epidemia de peste bubônica. Casou-se então com Maria Augusta de Barros, com quem teve quatro filhos, assumindo a loja de tecidos que pertencera originariamente ao pai, Sebastião Ramos.

---

1 *Apud* SENNA, Homero. "Como eles são fora da literatura: Graciliano Ramos". In: SALLA, Thiago Mio; LEBENSZTAYN, Ieda (orgs.). *O antimodernista:* Graciliano Ramos e 1922. Rio de Janeiro: Record, 2022. p. 150-152.
2 *Apud* FACIOLI, Valentim. "Um homem bruto da terra". In: GARBUGLIO, José Carlos et al. *Graciliano Ramos*. São Paulo: Ática, 1987. p. 24.

Foi em Palmeira dos Índios, ainda na década de 1920, que José Lins do Rego casualmente o viu pela primeira vez. Durante uma viagem em uma comitiva de escritores, a certa altura foi apresentado a um "sertanejo quieto de cara maliciosa", que conhecia Balzac, Zola e Flaubert: "Soube que era comerciante, que tinha família grande, que era ateu, que estivera no Rio, que fizera sonetos; que sabia inglês, francês, que falava italiano."[3]

Entre 1927 e 1930, já casado com sua segunda mulher, Heloísa Leite de Medeiros, Graciliano ocupou o cargo de prefeito de Palmeira dos Índios. Nesse período, enviou dois relatórios de prestação de contas ao governador de Alagoas. Eram tão bem escritos que tiveram divulgação na imprensa e repercussão nacional.

No Rio de Janeiro, o poeta e editor Augusto Frederico Schmidt leu os relatórios e ficou sabendo da existência de um romance na gaveta. O original de *Caetés*, escrito entre 1925 e 1928, lhe foi enviado em 1930. Mas o manuscrito ficou perdido durante alguns anos, e o romance, que tinha ecos de Eça de Queiroz, só veio a público em 1933, causando certa decepção. Segundo o escritor, seu livro de estreia era uma obra falhada.

Convidado para ser diretor da Imprensa Oficial, Graciliano se transferiu em 1930 para Maceió e, em 1933, assumiu a direção da Instrução Pública de Alagoas. No ano seguinte, publicou, com repercussão imediata, seu segundo romance, *S. Bernardo*, que lhe valeu na época o rótulo de "Dostoiévski dos trópicos", que ele

---

3 *Apud* SENNA, Homero. "Revisão do Modernismo". In: BRAYNER, Sônia (org.). *Graciliano Ramos* (col. Fortuna Crítica). Rio de Janeiro: Civilização Brasileira, 1978. p. 49.

ironizava e desqualificava. De *Caetés* a *S. Bernardo*, ocorre a passagem definitiva do naturalismo, já descaracterizado no romance de estreia, para o que Otto Maria Carpeaux chamaria de "realismo crítico" ou "problemático".

Em 1935, ano da fracassada Intentona Comunista, Graciliano se dedicou à composição de *Angústia*. Mas foi preso em março de 1936, sem acusação formal, e mantido por nove meses em cadeias de Maceió, Recife e Rio de Janeiro. A publicação de *Angústia* ocorreu enquanto ainda estava no cárcere. Libertado em janeiro de 1937, passou a morar no Rio e tentou recompor a família. Para ganhar a sobrevivência, chegou a colaborar com as revistas culturais do Estado Novo.

Em 1938, lançou *Vidas secas*, seu quarto e último romance. Diferente dos anteriores, o livro parece incorporar pela primeira vez as tendências típicas da ficção do Nordeste. Nas outras publicações de Graciliano nesse período, que se estende até 1945, sobressai a escolha do mesmo cenário (o sertão nordestino) e a exploração da cultura popular. É o que se vê na narrativa "infantil" *A terra dos meninos pelados* (1937), no volume *Histórias de Alexandre* (1944), que reaproveita anedotas folclóricas, e em *Viventes das Alagoas* (publicação póstuma que reúne crônicas sobre "quadros e costumes do Nordeste"). É o que ocorre ainda em *Infância* (1945), seu primeiro livro autobiográfico, que evoca sua vida de menino no sertão alagoano.

Em 1945, Graciliano filiou-se ao Partido Comunista Brasileiro. Nos últimos anos de vida, visitou a União Soviética e alguns países europeus; publicou o volume de contos *Insônia*

(1947); traduziu *A peste*, de Albert Camus; compôs as *Memórias do cárcere*, publicadas em 1953, alguns meses depois de sua morte, aos 61 anos de idade.

De acordo com Antonio Candido, a obra de Graciliano Ramos pode ser dividida em dois grupos ou fases. No primeiro bloco, formado pelos quatro romances da década de 1930, o escritor praticou a vertente ficcional. Até *Angústia*, predominam as narrativas em primeira pessoa. *Vidas secas* seria o ponto de inflexão, trazendo o foco inédito da terceira pessoa. A partir daí, prevalece a vertente confessional. A análise interior dos primeiros romances se transfere para as páginas autobiográficas de *Infância* e *Memórias do cárcere*. Todavia, como observa o crítico, as duas vertentes na verdade se confundem. De um lado, a confissão já está presente nos romances narrados em primeira pessoa. De outro, os livros memorialísticos contêm procedimentos que pertencem ao domínio da ficção.[4]

Graciliano acreditava que o escritor deveria falar apenas a partir da experiência vivida: "Todos os meus tipos foram constituídos por observações apanhadas aqui e ali, durante muitos anos. É o que penso, mas talvez me engane. É possível que eles não sejam senão pedaços de mim mesmo e que o vagabundo, o coronel assassino, o funcionário e a cadela não existam."[5]

***

---
[4] Cf. CANDIDO, Antonio. *Ficção e confissão:* ensaios sobre Graciliano Ramos. São Paulo: Editora 34, 1992. p. 63.
[5] RAMOS, Graciliano. "Alguns tipos sem importância". In: *Linhas tortas*. 22ª ed. Rio de Janeiro: Record, 2014. p. 282.

A presença do livro dentro do livro é uma situação que se repete nos primeiros romances de Graciliano Ramos. Em *S. Bernardo* e *Angústia*, a narrativa é apresentada como sendo de autoria do próprio protagonista. Trata-se de um dos recursos fundamentais da ficção moderna, chamado pelos franceses de *mise en abyme* (construção em abismo). Conhecedor profundo não só de sua cultura regional, mas também da tradição literária erudita e das inovações do romance moderno (como o monólogo interior, a fragmentação dos planos, a rarefação do enredo etc.), Graciliano promoveu uma ampla articulação dessas fontes diversas. Enquanto a maioria de seus companheiros de geração se limitava a contar histórias, menosprezando preocupações estéticas, ele procurava realizar uma reflexão metalinguística sobre a forma literária e a atividade do escritor.

Em *S. Bernardo*, a escrita visa à compreensão e à ordenação da experiência vivida pelo protagonista, ou seja, a narrativa é um espaço reservado à expiação de culpas e à exposição de ressentimentos. O narrador Paulo Honório, sujeito miserável que se alfabetizou na cadeia, não descende de família rica, mas inicia ele próprio um império e uma família, movido por ambição e força de vontade descomunais. Primeiro, apropria-se das terras de S. Bernardo, onde havia trabalhado no eito. Depois, conquista a "posse" de Madalena, professora de ideias avançadas.

Antes do casamento, o discurso claro e direto de Paulo Honório dá corpo à sua trajetória vitoriosa: "O meu fito na vida foi apossar-me das terras de S. Bernardo (...)", diz ele no segundo capítulo. Nas páginas iniciais do romance, acompanhamos a sua escalada vertiginosa. Na segunda parte, sobressaem Madalena e sua resistência ao marido. A partir do capítulo XIX, ocorre a desagregação do fazendeiro, corroído pelo ciúme e por uma crise avassaladora. O triunfante Paulo Honório perde o seu dinamismo e a certa altura admite: "Sou um homem arrasado."

No capítulo XXIII, as máquinas da fazenda também param — "um volante empenado e um dínamo que emperrava" impedem o funcionamento do descaroçador e da serraria. Enquanto os paióis se enchem de algodão, a linguagem e a narração também passam a acumular inesperados "excessos". Os sentimentos íntimos afloram, surgem dúvidas e indagações. Desnorteado, o fazendeiro cai em ruína. "Eu construindo e ela desmanchando", desabafa no capítulo XXIV, numa perfeita síntese do movimento central do enredo.

Paulo Honório narra sua história dois anos depois do suicídio da esposa. O livro se divide, assim, em dois planos: o tempo do enunciado (passado) e o tempo da enunciação (presente). Acompanhamos simultaneamente duas construções: S. Bernardo-fazenda e S. Bernardo-livro. A primeira foi realizada por um homem pragmático, enérgico, violento. A segunda sai das mãos de um sujeito melancólico, problemático, que se considera inábil para a escrita: "esta pena é um objeto pesado. Não estou acostumado a pensar." Então para que escreve? — pergunta-se várias vezes. No entanto, há motivos de sobra para que ele se embrenhe na composição: livrar-se da culpa, exprimir o ressentimento, competir com Madalena — a par da necessidade de reconstruir simbolicamente o que foi destruído, de reerguer pela segunda vez S. Bernardo.

O embate com Madalena impõe novo ritmo e fisionomia distinta à narrativa. Entra em cena a "forma-confissão". A objetividade da primeira parte do romance dá lugar a outro modo de narrar, longe do modelo realista burguês. Com *S. Bernardo*, Graciliano Ramos encontrou, como observou Álvaro Lins, o seu plano de ficcionista — o romance psicológico. A especialidade do autor não seria a invenção de acontecimentos: "O que transmite vitalidade e beleza artística aos seus romances não é o movimento exterior, mas a existência interior dos personagens."[6]

***

A preocupação com a psicologia se radicaliza em *Angústia*, o experimento mais vanguardista de Graciliano Ramos, centrado no monólogo interior e no fluxo ininterrupto de associações mentais, que deformam a realidade percebida pelo narrador.

Luís da Silva é o último membro de uma família rural que passou por profunda decadência. Ao trocar o campo pela cidade (Maceió), conhece a miséria extrema, sobrevivendo a duras penas como funcionário público e literato de aluguel. Apaixona-se por Marina, sua vizinha ambiciosa, mas é preterido em favor do bem-sucedido bacharel Julião Tavares. Essa perda lhe faz recordar obsessivamente as humilhações acumuladas ao longo da vida. A inferioridade econômica e social desperta a frustração agressiva do personagem, o que o leva a produzir distorções psíquicas.

---

6 LINS, Álvaro. "Valores e misérias das vidas secas". In: RAMOS, Graciliano. *Vidas secas*. Rio de Janeiro: Record, 1980. p. 146-7.

A patologia narrada em *Angústia* se liga indissociavelmente à perda do lugar social. Tal processo de decadência é enfatizado pelo autor já na nomeação dos personagens. O avô do narrador possuía um nome heroico, "nobiliárquico", Trajano Pereira de Aquino Cavalcante e Silva. O pai, um negociante falido, teve seu nome reduzido a Camilo Pereira da Silva. Por fim, o sujeito amesquinhado, "diminuto cidadão", peça anônima na ordem urbana, chama-se apenas Luís da Silva. A atrofia do sobrenome evidencia o processo de destituição da família. O narrador julga que seu lugar foi usurpado pelos novos capitalistas. Daí o ódio a Julião Tavares, seu antípoda radical, mas cujo nome, não por acaso, está no aumentativo, forma que ressalta a gordura e a voracidade da classe que representa.

Na narração delirante de *Angústia*, o fluxo de consciência dissolve enredo, espaço, personagens e cronologia para revelar tão somente o fluxo da vida interior de um sujeito egocêntrico, "emparedado em si mesmo". O relato de Luís da Silva é obsessivo, digressivo e caótico. Fatos e personagens de tempos diversos se misturam. Associações, desdobramentos, repetições, entre outros procedimentos, afastam o romance da tradição realista. À maneira de Proust, o autor realiza uma investigação de mecanismos psíquicos. Como estamos dentro da mente, todas as coisas irrompem ao mesmo tempo, ressoando no presente com a intensidade que tiveram no passado.

O processo de duplicação especular — a história dentro da história — torna-se mais complexo, envolvendo ainda a reiteração de inúmeros acontecimentos e motivos pelos vários planos da narração. O desdobramento é infinito, as repetições produzem uma estrutura vertiginosa, de verdadeira obsessão.[7] A história central — o crime cometido por Luís da Silva — sofre continuamente o encaixe de outros episódios de perseguição, prisão, tortura e morte. Conforme observou Antonio Candido, o tempo do romance é tríplice, "pois cada fato apresenta ao menos três faces: a sua realidade objetiva, a sua referência à experiência passada, a sua deformação por uma crispada visão subjetiva".[8]

As associações mentais criam um texto mais gorduroso, que surpreende ao destoar do estilo seco de Graciliano. Em *Memórias do cárcere*, o próprio escritor fez críticas ao narrador "falastrão", que "vivia a badalar à toa reminiscências da infância, vendo cordas em toda a parte".[9] Além de "desagradável", "abafado", "povoado de ratos, cheio de podridões", o romance lhe parecia apenas um "solilóquio doido, enervante. E mal escrito".[10]

Ocorre que o mergulho na subjetividade não constitui apenas o tema central, mas o princípio da composição do romance. Longe de significar um fetiche vanguardista ou um fim em si mesmo, o monólogo interior pode ser considerado um instrumento a serviço do realismo: "Graciliano busca precisamente, com o auxílio da *stream of consciousness*, tornar imediatamente evidente uma

---

7 Cf. CARVALHO, Lúcia Helena. *A ponta do novelo*. São Paulo: Ática, 1983. p. 20-26.
8 CANDIDO, Antonio. *Ficção e confissão*: ensaios sobre Graciliano Ramos. São Paulo: Editora 34, 1992. p. 80.
9 RAMOS, Graciliano. *Memórias do cárcere*. 51ª ed. Rio de Janeiro: Record, 2020. p. 18.
10 Idem, p. 235-236.

realidade concreta e essencial: o desequilíbrio e a dissolução psíquica do personagem, reproduzindo com maior intensidade dramática o seu desespero e a sua derrota *socialmente condicionados*."[11]

A escrita delirante e deformadora surpreendeu a crítica, que demorou algumas décadas para assimilar a novidade trazida pelo romance. *Angústia* revelou um dado importante a respeito da obra de Graciliano. Trata-se de uma literatura atravessada pela tensão entre a lucidez, responsável pela "clara geometria do estilo", e os "desordenados impulsos interiores". O leitor dos seus romances se defronta com duas faces antagônicas: de um lado, o artista impecável, "clássico", exímio estilista; de outro, o escritor transgressivo, afeito a experimentações que o colocam na vanguarda da ficção brasileira.

***

Vidas secas, primeiro livro escrito por Graciliano após a prisão, contrasta fortemente com os anteriores. Além do foco narrativo da terceira pessoa, o romance traz como novidade um certo "espírito poético", que para alguns críticos revelaria um escritor mais humano, compassivo, na contramão do pessimismo e da brutalidade que até então predominavam em sua obra. À perspectiva centrada no indivíduo, sucede a focalização do coletivo, evidenciada na fórmula plural *Vidas secas* (título paradoxal em que o substantivo e o adjetivo se negam mutuamente).

---

[11] COUTINHO, Carlos Nelson. "Graciliano Ramos". In: BRAYNER, Sônia (org.). *Graciliano Ramos* (col. Fortuna Crítica). Rio de Janeiro: Civilização Brasileira, 1978. p. 103.

A despeito de ser literatura engajada, *Vidas secas* rejeita a simplificação formal. A construção do romance é complexa. A estilização do mundo sertanejo e de sua penúria obtém alto rendimento estético — uma síntese das conquistas do escritor em seu caminho de depuração do realismo.

Considerado a obra-prima da literatura sobre a seca, gênero praticado no Nordeste desde o século XIX, o romance ao mesmo tempo representa uma exceção nessa extensa linhagem marcada por imagens fantasiosas e estereotipadas. A visão fatalista, tão comum nesses livros, é recusada em favor do realismo crítico, que põe ênfase nos problemas sociais. Com efeito, o ciclo da seca é o que menos importa. O nomadismo não decorre de um fenômeno natural, mas do fato de o personagem Fabiano, explorado como bicho e oprimido pelos poderosos, não poder ser um proprietário vinculado à terra. O mais significativo, porém, é que *Vidas secas* renova radicalmente a linguagem empregada nas obras do gênero. Graciliano buscou uma linguagem capaz de concretizar a realidade da seca. Até *O quinze*, de Rachel de Queiroz, inexistia qualquer esforço de adequação da escrita à secura da paisagem e à carência dos personagens. Em 1944, em carta ao jornalista João Condé, o escritor enfatizou sua intenção de construir o romance pela via da negatividade:

> Fiz o livrinho, sem paisagens, sem diálogos. E sem amor. Nisso, pelo menos, ele deve ter alguma originalidade. Ausência de tabaréus bem-falantes, queimadas, cheias, poentes vermelhos, namoro de caboclos. A minha gente,

quase muda, vive numa casa velha de fazenda; as pessoas adultas, preocupadas com o estômago, não têm tempo de abraçar-se. Até a cachorra é uma criatura decente, porque na vizinhança não existem galãs caninos.[12]

A ênfase nas fórmulas restritivas, negativas e diminutivas traduz a recusa da velha literatura regionalista. Contra os excessos, Graciliano opta pela depuração, reduzindo sua linguagem ao mínimo e ao ínfimo — e, como escreveria mais tarde João Cabral de Melo Neto em *Morte e vida severina*, cultivando apenas "coisas de não: fome, sede, privação".

A que gênero pertence *Vidas secas*? Trata-se mesmo de um romance ou, por sua estrutura fragmentada, deveria ser lido como uma coletânea de contos? Segundo o depoimento do escritor, os episódios foram se amontoando, sem qualquer planejamento. A princípio, as narrativas foram vendidas ao jornal argentino *La Prensa* e a algumas publicações brasileiras como *O Jornal*, do Rio de Janeiro. "Baleia" foi a primeira história a ser escrita, em maio de 1937. Em junho, apareceram "Sinha Vitória", "Cadeia" e "O menino mais novo". Só então é que lhe teria ocorrido "a ideia de juntar as cinco personagens numa novela miúda — um casal, duas crianças e uma cachorra, todos brutos".[13] Entre julho e outubro, produziu os capítulos restantes. Inicialmente, o livro deveria se chamar *O mundo coberto de penas*.

---

12 *Apud* MIRANDA, Wander Melo. *Graciliano Ramos*. São Paulo: Publifolha, 2004. p. 43.
13 Depoimento de 1944 a João Condé. *Apud* CASTRO, Dácio Antônio de. *Roteiro de leitura:* Vidas secas. São Paulo: Ática, 2002. p. 28.

Morador da mesma pensão em que Graciliano viveu, sob péssimas condições, após ser libertado do cárcere, Rubem Braga foi testemunha ocular da escrita de *Vidas secas*. Segundo o cronista, a intenção era mesmo escrever um romance, "mas a conta da pensão não podia esperar um romance", por isso ele foi vendido a prestação e "cada capítulo ficou sendo um conto". A necessidade financeira teria determinado a estrutura do romance: "Quase tão pobre como o Fabiano, o autor fez assim uma nova técnica de romance no Brasil. O romance desmontável."[14]

Posteriormente, vários críticos associaram a estrutura fragmentada à solidão, à alienação e à incomunicabilidade dos personagens. Para Antonio Candido, a vida para os retirantes é mesmo uma sequência de quadros entre os quais não se percebe nenhuma unidade, estando aí situada "a razão profunda da estrutura desmontável".[15] Entretanto, o próprio crítico relativizou a noção de "romance desmontável", lembrando que, a despeito de sua descontinuidade, o livro conserva uma "estrutura circular". *Vidas secas* começa e termina com uma fuga — dado formal que indica a impossibilidade de os personagens se libertarem do círculo no qual estão aprisionados. O encontro do fim com o começo "forma um anel de ferro, em cujo círculo sem saída se fecha a vida esmagada da própria família de retirantes-agregados-retirantes".[16] O seu drama, de fato, não evolui. Por meio

---

14 BRAGA, Rubem. "Vidas secas". *Teresa: Revista de Literatura Brasileira*, n. 2. São Paulo: FFLCH-USP/Editora 34, 2001. p. 127.
15 CANDIDO, Antonio. *Ficção e confissão*: ensaios sobre Graciliano Ramos. São Paulo: Editora 34, 1992. p. 47.
16 Idem, p. 107.

dessa construção, o escritor apresenta a visão de um mundo opressivo. Algo semelhante ocorre nos romances *S. Bernardo* e *Angústia*, com a retomada das páginas iniciais no desfecho dos livros, fechando o círculo narrativo.

Quanto ao foco inédito da terceira pessoa, o que chama atenção é o fato de a visão externa não ser predominante. A narração está baseada num duplo movimento: além da objetividade, determinada pelo distanciamento da terceira pessoa, ocorre uma atitude contrária de aproximação, colando-se o narrador à perspectiva dos personagens. O recurso mobilizado para a construção da sondagem interior é o discurso indireto livre, abundante em todos os capítulos — "Agora Fabiano era vaqueiro, e ninguém o tiraria dali". É fácil perceber a mistura das vozes do narrador e do personagem, produzindo falas complexas, indefinidas, cuja origem não se distingue claramente. A complexidade do romance resulta dessa "pesquisa psicológica", expressão utilizada pelo próprio autor:

> Por pouco que o selvagem pense — e os meus personagens são quase selvagens —, o que ele pensa merece anotação. Foi essa pesquisa psicológica que procurei fazer, pesquisa que os escritores regionalistas não fazem nem mesmo podem fazer, porque comumente não conhecem o sertão, não são familiares do ambiente que descrevem.[17]

---

17 *Apud* FACIOLI, Valentim. "Um homem bruto da terra". In: GARBUGLIO, José Carlos et al. *Graciliano Ramos*. São Paulo: Ática, 1987. p. 64.

Outra questão essencial em *Vidas secas* diz respeito ao desfecho da narrativa, que o autor deixa em aberto: chegarão os retirantes à cidade? Serão acolhidos nela?

> Que iriam fazer? Retardaram-se, temerosos. Chegariam a uma terra desconhecida e civilizada, ficariam presos nela. E o sertão continuaria a mandar gente para lá. O sertão mandaria para a cidade homens fortes, brutos, como Fabiano, sinha Vitória e os dois meninos.[18]

Para alguns leitores, a caminhada dos retirantes rumo à cidade parece apontar uma possibilidade de melhora de vida e até mesmo o horizonte da revolução social, da qual eles futuramente talvez pudessem ser os protagonistas. Mas essa interpretação otimista leva em conta apenas as falas sonhadoras de Fabiano e sinha Vitória. Não considera o distanciamento que também aparece na perspectiva do narrador, para quem os projetos concebidos por eles não passam de "esperanças frágeis".

Como falar na construção do futuro se a forma verbal que predomina nos finais de quase todos os capítulos é a do futuro do pretérito? A estrutura circular bloqueia as saídas, impede a evolução do drama, obrigando à eterna repetição. E o recorrente futuro do pretérito é uma forma verbal ambígua — ação imaginada em um futuro incerto, que pode ou não acontecer.

---

18 RAMOS, Graciliano. *Vidas secas*. 160ª ed. Rio de Janeiro: Record, 2023. p. 124.

De acordo com Alfredo Bosi, o narrador de *Vidas secas* realiza dois movimentos contrários: de um lado, por meio do discurso indireto livre, aproxima-se da mente do sertanejo; de outro, o modo condicional, expresso pelo futuro do pretérito, indica o distanciamento — pois registra tanto o sonho do personagem quanto a dúvida de quem conta a história.

Na visão do narrador, o movimento do campo à cidade é ilusório. *Vidas secas*, com seus personagens que repetem sempre os mesmos passos, expressa o imobilismo da sociedade brasileira, que não avança, que sempre dá voltas no mesmo ponto, como os animais que circulam em torno do moinho ou da bolandeira. País do futuro? O que o modo condicional manifesta, ao contrário, é uma ausência de perspectiva.

A exemplo da literatura cheia de "negativas" de Machado de Assis, o realismo crítico de Graciliano não compactua com ilusões de qualquer espécie. Sua obra, do começo ao fim, rejeita o otimismo de uma construção imaginária da nação que desconsidera o atraso histórico e as contradições constitutivas da nossa realidade social. Daí a sua força extraordinária, que persiste nos tempos atuais.

VIDA E OBRA DE GRACILIANO RAMOS

CRONOLOGIA

1892   Nasce a 27 de outubro em Quebrangulo, Alagoas.

1895   O pai, Sebastião Ramos, compra a Fazenda Pintadinho, em Buíque, no sertão de Pernambuco, e muda com a família. Com a seca, a criação não prospera e o pai acaba por abrir uma loja na vila.

1898   Primeiros exercícios de leitura.

1899   A família se muda para Viçosa, Alagoas.

1904   Publica o conto "Pequeno pedinte" em *O Dilúculo*, jornal do internato onde estudava.

1905   Muda-se para Maceió e passa a estudar no colégio Quinze de Março.

1906   Redige o periódico *Echo Viçosense*, que teve apenas dois números.

Publica sonetos na revista carioca *O Malho*, sob o pseudônimo Feliciano de Olivença.

1909   Passa a colaborar no *Jornal de Alagoas*, publicando o soneto "Céptico", como Almeida Cunha. Nesse jornal, publicou diversos textos com vários pseudônimos.

1910-1914   Cuida da casa comercial do pai em Palmeira dos Índios.

1914   Sai de Palmeira dos Índios no dia 16 de agosto, embarca no navio *Itassucê* para o Rio de Janeiro, no dia 27, com o amigo

Joaquim Pinto da Mota Lima Filho. Entra para o *Correio da Manhã*, como revisor. Trabalha também nos jornais *A Tarde* e *O Século*, além de colaborar com os jornais *Paraíba do Sul* e *O Jornal de Alagoas* (cujos textos compõem a obra póstuma *Linhas tortas*).

1915   Retorna às pressas para Palmeira dos Índios. Os irmãos Otacílio, Leonor e Clodoaldo, e o sobrinho Heleno, morrem vítimas da epidemia da peste bubônica.

Casa-se com Maria Augusta de Barros, com quem tem quatro filhos: Márcio, Júnio, Múcio e Maria Augusta.

1917   Assume a loja de tecidos A Sincera.

1920   Morte de Maria Augusta, devido a complicações no parto.

1921   Passa a colaborar com o semanário *O Índio*, sob os pseudônimos J. Calisto e Anastácio Anacleto.

1925   Inicia *Caetés*, concluído em 1928, mas revisto várias vezes, até 1930.

1927   É eleito prefeito de Palmeira dos Índios.

1928   Toma posse do cargo de prefeito.

Casa-se com Heloísa Leite de Medeiros, com quem tem outros quatro filhos: Ricardo, Roberto, Luiza e Clara.

1929   Envia ao governador de Alagoas o relatório de prestação de contas do município. O relatório, pela sua qualidade literária, chega às mãos de Augusto Schmidt, editor, que procura Graciliano para saber se ele tem outros escritos que possam ser publicados.

1930   Publica artigos no *Jornal de Alagoas*.

Renuncia ao cargo de prefeito em 10 de abril.

Em maio, muda-se com a família para Maceió, onde é nomeado diretor da Imprensa Oficial de Alagoas.

1931 Demite-se do cargo de diretor.
1932 Escreve os primeiros capítulos de *S. Bernardo*.
1933 Publicação de *Caetés*.
Início de *Angústia*.
É nomeado diretor da Instrução Pública de Alagoas, cargo equivalente a Secretário Estadual de Educação.
1934 Publicação de *S. Bernardo*.
1936 Em março, é preso em Maceió e levado para o Rio de Janeiro.
Publicação de *Angústia*.
1937 É libertado no Rio de Janeiro.
Escreve *A terra dos meninos pelados*, que recebe o prêmio de Literatura Infantil do Ministério da Educação.
1938 Publicação de *Vidas secas*.
1939 É nomeado Inspetor Federal de Ensino Secundário do Rio de Janeiro.
1940 Traduz *Memórias de um negro*, do norte-americano Booker Washington.
1942 Publicação de *Brandão entre o mar e o amor*, romance em colaboração com Rachel de Queiroz, José Lins do Rego, Jorge Amado e Aníbal Machado, sendo a sua parte intitulada "Mário".
1944 Publicação de *Histórias de Alexandre*.
1945 Publicação de *Infância*.
Publicação de *Dois dedos*.
Filia-se ao Partido Comunista Brasileiro.
1946 Publicação de *Histórias incompletas*.
1947 Publicação de *Insônia*.
1950 Traduz o romance *A peste*, de Albert Camus.
1951 Torna-se presidente da Associação Brasileira de Escritores.

1952 Viaja pela União Soviética, Tchecoslováquia, França e Portugal.
1953 Morre no dia 20 de março, no Rio de Janeiro.
      Publicação póstuma de *Memórias do cárcere*.
1954 Publicação de *Viagem*.
1962 Publicação de *Linhas tortas* e *Viventes das Alagoas*.
      Vidas secas recebe o Prêmio da Fundação William Faulkner como o livro representativo da literatura brasileira contemporânea.
1980 Heloísa Ramos doa o Arquivo Graciliano Ramos ao Instituto de Estudos Brasileiros da Universidade de São Paulo, reunindo manuscritos, documentos pessoais, correspondência, fotografias, traduções e alguns livros.
      Publicação de *Cartas*.
1992 Publicação de *Cartas de amor a Heloísa*.

BIBLIOGRAFIA DE AUTORIA DE GRACILIANO RAMOS

Caetés
Rio de Janeiro: Schmidt, 1933. 2ª ed. Rio de Janeiro:
J. Olympio, 1947. 6ª ed. São Paulo: Martins, 1961. 11ª ed. Rio de Janeiro:
Record, 1973. [34ª ed., 2019]

S. Bernardo
Rio de Janeiro: Ariel, 1934. 2ª ed. Rio de Janeiro: J. Olympio, 1938.
7ª ed. São Paulo: Martins, 1964. 24ª ed. Rio de Janeiro: Record, 1975.
[101ª ed., 2019]

Angústia
Rio de Janeiro: J. Olympio, 1936. 8ª ed. São Paulo: Martins, 1961.
15ª ed. Rio de Janeiro: Record, 1975. [78ª ed., 2019]

Vidas secas
Rio de Janeiro: J. Olympio, 1938. 6ª ed. São Paulo: Martins, 1960.
34ª ed. Rio de Janeiro: Record, 1975. [143ª ed., 2019]

A terra dos meninos pelados
Ilustrações de Nelson Boeira Faedrich. Porto Alegre: Globo, 1939. 2ª ed. Rio de Janeiro: Instituto Estadual do Livro, INL, 1975. 4ª ed. Ilustrações de Floriano Teixeira. Rio de Janeiro: Record, 1981. 24ª ed. Ilustrações de Roger Mello. Rio de Janeiro: Record, 2000. 46º ed. [1ª ed. Galera Record] Ilustrações de Jean-Claude Ramos Alphen. Rio de Janeiro: Galera Record, 2014. [57ª ed., 2019]

Histórias de Alexandre
Ilustrações de Santa Rosa. Rio de Janeiro: Leitura, 1944. Ilustrações de André Neves. Rio de Janeiro: Record, 2007. [15ª ed., 2019]

Dois dedos
Ilustrações em madeira de Axel de Leskoschek. R. A., 1945. Conteúdo: Dois dedos, O relógio do hospital, Paulo, A prisão de J. Carmo Gomes, Silveira Pereira, Um pobre-diabo, Ciúmes, Minsk, Insônia, Um ladrão.

Infância (memórias)
Rio de Janeiro: J. Olympio, 1945. 5ª ed. São Paulo: Martins, 1961. 10ª ed. Rio de Janeiro: Record, 1975. [49ª ed., 2019]

Histórias incompletas
Rio de Janeiro: Globo, 1946. Conteúdo: Um ladrão, Luciana, Minsk, Cadeia, Festa, Baleia, Um incêndio, Chico Brabo, Um intervalo, Venta-romba.

Insônia
Rio de Janeiro: J. Olympio, 1947. 5ª ed. São Paulo: Martins, 1961. Ed. Crítica. São Paulo: Martins; Brasília: INL, 1973. 16ª ed. Rio de Janeiro: Record, 1980. [32ª ed., 2017]

Memórias do cárcere
Rio de Janeiro: J. Olympio, 1953. 4 v. Conteúdo: v. 1 Viagens; v. 2 Pavilhão dos primários; v. 3 Colônia correcional; v. 4 Casa de correção. 4ª ed. São Paulo: Martins, 1960. 2 v. 13ª ed. Rio de Janeiro: Record, 1980. 2 v. Conteúdo: v. 1, pt. 1 Viagens; v. 1, pt. 2 Pavilhão dos primários; v. 2, pt. 3 Colônia correcional; v. 2, pt. 4 Casa de correção. [50ª ed., 2018]

Viagem
Rio de Janeiro: J. Olympio, 1954. 3ª ed. São Paulo: Martins, 1961. 10ª ed. Rio de Janeiro: Record, 1980. [21ª ed., 2007]

Contos e novelas (organizador)
Rio de Janeiro: Casa do Estudante do Brasil, 1957. 3 v. Conteúdo: v. 1 Norte e Nordeste; v. 2 Leste; v. 3 Sul e Centro-Oeste.

Linhas tortas
São Paulo: Martins, 1962. 3ª ed. Rio de Janeiro: Record; São Paulo: Martins, 1975. 280 p. 8ª ed. Rio de Janeiro: Record, 1980. [22ª ed., 2015]

Viventes das Alagoas: quadros e costumes do Nordeste
São Paulo: Martins, 1962. 5ª ed. Rio de Janeiro: Record, 1975. [19ª ed., 2007]

Alexandre e outros heróis
São Paulo: Martins, 1962. 16ª ed. Rio de Janeiro: Record, 1978. [64ª ed., 2020]

Cartas
Desenhos de Portinari... [et al.]; caricaturas de Augusto Rodrigues, Mendez, Alvarus. Rio de Janeiro: Record, 1980. [8ª ed., 2011]

O estribo de prata
Ilustrações de Floriano Teixeira. Rio de Janeiro: Record, 1984. (Coleção Abre-te Sésamo). 5ª ed. Ilustrações de Simone Matias. Rio de Janeiro: Galerinha Record, 2012.

Cartas de amor a Heloísa
Edição comemorativa do centenário de Graciliano Ramos. São Paulo: Secretaria Municipal de Cultura, 1992. 2ª ed. Rio de Janeiro: Record, 1992. [2ª ed., 1996]

Garranchos
Organização de Thiago Mio Salla. Rio de Janeiro: Record, 2012. [2ª ed., 2013]

Minsk
Ilustrações de Rosinha. Rio de Janeiro: Galera Record, 2013. [2ª ed., 2019]

Cangaços
Organização de Ieda Lebensztayn e Thiago Mio Salla. Rio de Janeiro: Record, 2014.

Conversas
Organização de Ieda Lebensztayn e Thiago Mio Salla. Rio de Janeiro: Record, 2014.

Pequena história da República
Rio de Janeiro: Record, 2020.

O antimodernista: Graciliano Ramos e 1922
Organização de Thiago Mio Salla e Ieda Lebensztayn. Rio de Janeiro: Record, 2022.

ANTOLOGIAS, ENTREVISTAS E OBRAS EM COLABORAÇÃO

CHAKER, Mustafá (Org.). *A literatura no Brasil.* Graciliano Ramos ... [et al.]. Kuwait: [s. n.], 1986. 293 p. Conteúdo: Dados biográficos de escritores brasileiros: Castro Alves, Joaquim de Souza Andrade, Carlos Drummond de Andrade, Vinicius de Moraes, Haroldo de Campos, Manuel Bandeira, Manuel de Macedo, José de Alencar, Graciliano Ramos, Cecília Meireles, Jorge Amado, Clarice Lispector e Zélia Gattai. Texto e título em árabe.

FONTES, Amando et al. *10 romancistas falam de seus personagens.* Amando Fontes, Cornélio Penna, Erico Verissimo, Graciliano Ramos, Jorge Amado, José Geraldo Vieira, José Lins do Rego, Lucio Cardoso, Octavio de Faria, Rachel de Queiroz; prefácio de Tristão de Athayde; ilustradores: Athos Bulcão, Augusto Rodrigues, Carlos Leão, Clóvis Graciano, Cornélio Penna, Luís Jardim, Santa Rosa. Rio de Janeiro: Edições Condé, 1946. 66 p., il., folhas soltas.

MACHADO, Aníbal M. et al. *Brandão entre o mar e o amor.* Romance por Aníbal M. Machado, Graciliano Ramos, Jorge Amado, José Lins do Rego e Rachel de Queiroz. São Paulo: Martins, 1942. 154 p. Título da parte de autoria de Graciliano Ramos: "Mário".

QUEIROZ, Rachel de. *Caminho de pedras.* Poesia de Manuel Bandeira; Estudo de Olívio Montenegro; Crônica de Graciliano Ramos.

10ª ed. Rio de Janeiro: J. Olympio, 1987. 96 p. Edição comemorativa do Jubileu de Ouro do Romance.

RAMOS, Graciliano. *Angústia 75 anos*. Edição comemorativa organizada por Elizabeth Ramos. 1ª ed. Rio de Janeiro: Record, 2011. 384 p.

RAMOS, Graciliano. *Coletânea*: seleção de textos. Rio de Janeiro: Civilização Brasileira; Brasília: INL, 1977. 315 p. (Coleção Fortuna Crítica, 2).

RAMOS, Graciliano. "Conversa com Graciliano Ramos". *Temário — Revista de Literatura e Arte*, Rio de Janeiro, v. 2, n. 4, p. 24-29, jan.-abr., 1952. "A entrevista foi conseguida desta forma: perguntas do suposto repórter e respostas literalmente dos romances e contos de Graciliano Ramos."

RAMOS, Graciliano. *Graciliano Ramos*. Coletânea organizada por Sônia Brayner. Rio de Janeiro: Civilização Brasileira; Brasília: INL, 1977. 316 p. (Coleção Fortuna Crítica, 2). Inclui bibliografia. Contém dados biográficos.

RAMOS, Graciliano. *Graciliano Ramos*. 1ª ed. Seleção de textos, notas, estudos biográfico, histórico e crítico e exercícios por: Vivina de Assis Viana. São Paulo: Abril Cultural, 1981. 111 p., il. (Literatura Comentada). Bibliografia: p. 110-111.

RAMOS, Graciliano. *Graciliano Ramos*. Seleção e prefácio de João Alves das Neves. Coimbra: Atlântida, 1963. 212 p. (Antologia do Conto Moderno).

RAMOS, Graciliano. *Graciliano Ramos*: trechos escolhidos. Por Antonio Candido. Rio de Janeiro: Agir, 1961. 99 p. (Nossos Clássicos, 53).

RAMOS, Graciliano. *Histórias agrestes*: contos escolhidos. Seleção e prefácio de Ricardo Ramos. São Paulo: Cultrix, [1960]. 201 p. (Contistas do Brasil, 1).

RAMOS, Graciliano. *Histórias agrestes*: antologia escolar. Seleção e prefácio Ricardo Ramos; ilustrações de Quirino Campofiorito. Rio de Janeiro: Tecnoprint, [1967]. 207 p., il. (Clássicos Brasileiros).

RAMOS, Graciliano. "Ideias Novas". Separata de: *Rev. do Brasil*, [s. l.], ano 5, n. 49, 1942.

RAMOS, Graciliano. *Para gostar de ler*: contos. 4ª ed. São Paulo: Ática, 1988. 95 p., il.

RAMOS, Graciliano. *Para gostar de ler*: contos. 9ª ed. São Paulo: Ática, 1994. 95 p., il. (Para Gostar de Ler, 8).

RAMOS, Graciliano. *Relatórios*. [Organização de Mário Hélio Gomes de Lima.] Rio de Janeiro: Editora Record, 1994. 140 p. Relatórios e artigos publicados entre 1928 e 1953.

RAMOS, Graciliano. *Seleção de contos brasileiros*. Rio de Janeiro: Ed. de Ouro, 1966. 3 v. (333 p.), il. (Contos brasileiros).

RAMOS, Graciliano. [Sete] 7 *histórias verdadeiras*. Capa e ilustrações de Percy Deane; [prefácio do autor]. Rio de Janeiro: Ed. Vitória, 1951. 73 p. Contém índice. Conteúdo: Primeira história verdadeira. O olho torto de Alexandre, O estribo de prata, A safra dos tatus, História de uma bota, Uma canoa furada, Moqueca.

RAMOS, Graciliano. "Seu Mota". *Temário — Revista de Literatura e Arte*, Rio de Janeiro, v. 2, n. 4, p. 21-23, jan.-abr., 1952.

RAMOS, Graciliano et al. *Amigos*. Ilustrações de Zeflávio Teixeira. 8ª ed. São Paulo: Atual, 1999. 66 p., il. (Vínculos), brochura.

RAMOS, Graciliano (Org.). *Seleção de contos brasileiros*. Ilustrações de Cleo. Rio de Janeiro: Tecnoprint, [1981]. 3 v.: il. (Ediouro. Coleção Prestígio). "A apresentação segue um critério geográfico, incluindo escritores antigos e modernos de todo o país." Conteúdo: v. 1 Norte e Nordeste; v. 2 Leste; v. 3 Sul e Centro-Oeste.

RAMOS, Graciliano. *Vidas Secas 70 anos*: edição especial. Fotografias de Evandro Teixeira. 1ª ed. Rio de Janeiro: Record, 2008. 208 p.

ROSA, João Guimarães. *Primeiras estórias*. Introdução de Paulo Rónai; poema de Carlos Drummond de Andrade; nota biográfica de Renard Perez; crônica de Graciliano Ramos. 5ª ed. Rio de Janeiro: J. Olympio, 1969. 176 p.

WASHINGTON, Booker T. *Memórias de um negro*. [Tradução de Graciliano Ramos.] São Paulo: Cia. Ed. Nacional, 1940. 226 p.

OBRAS TRADUZIDAS

Alemão
Angst [Angústia]. Surkamp Verlag, 1978.
Karges Leben [Vidas secas]. 1981.
Karges Leben [Vidas secas]. Verlag Klaus Wagenbach, 2013. Obra publicada com o apoio do Ministério da Cultura do Brasil / Fundação Biblioteca Nacional.
Kindheit [Infância]. Verlag Klaus Wagenbach, 2013. Obra publicada com o apoio do Ministério da Cultura do Brasil / Fundação Biblioteca Nacional.
Nach eden ist es weit [Vidas secas]. Horst Erdmann Verlag, 1965.
Raimundo im Land Tatipirún [A terra dos meninos pelados]. Zurique: Verlag Nagel & Kimche. 1996.
São Bernardo: roman. Frankfurt: Fischer Bucherei, 1965.

Búlgaro
Cyx Knbot [Vidas secas]. 1969.

Catalão
Vides seques. Martorell: Adesiara Editorial, 2011.

Dinamarquês

Tørke [Vidas secas]. 1986.

Espanhol

Angustia. Madri: Ediciones Alfaguara, 1978.

Angustia. México: Páramo Ediciones, 2008.

Angustia. Montevidéu: Independencia, 1944.

Infancia. Buenos Aires, Rosario: Beatriz Viterbo Editora, 2010.

Infancia. Buenos Aires: Siglo Veinte, 1948.

San Bernardo. Caracas: Monte Avila Editores, 1980.

Vidas secas. Buenos Aires: Editorial Futuro, 1947.

Vidas secas. Buenos Aires: Editora Capricornio, 1958.

Vidas secas. Havana: Casa de las Américas, [1964].

Vidas secas. Montevidéu: Nuestra América, 1970.

Vidas secas. Madri: Espasa-Calpe, 1974.

Vidas secas. Buenos Aires: Corregidor, 2001.

Vidas secas. Montevidéu: Ediciones de la Banda Oriental, 2004.

Esperanto

Vivoj Sekaj [Vidas secas]. El la portugala tradukis Leopoldo H. Knoedt. Fonto (Gersi Alfredo Bays), Chapecó, SC — Brazilo, 1997.

Finlandês

São Bernardo. Helsinki: Porvoo, 1961.

Flamengo

De Doem van de Droogte [Vidas secas]. 1971.

Vlucht Voor de Droogte [Vidas secas]. Antuérpia: Nederlandse vertaling Het Wereldvenster, Bussum, 1981.

Francês

Angoisse [Angústia]. Paris: Gallimard, 1992.
Enfance [Infância]. Paris: Gallimard.
Insomnie: Nouvelles [Insônia]. Paris: Gallimard, 1998.
Mémoires de Prison [Memórias do Cárcere]. Paris: Gallimard.
São Bernardo. Paris: Gallimard, 1936, 1986.
Secheresse [Vidas secas]. Paris: Gallimard, 1964.

Holandês

Angst [Angústia]. Amsterdam: Coppens & Frenks, Uitgevers, 1995.
Dorre Levens [Vidas secas]. Amsterdam: Coppens & Frenks, Uitgevers, 1998.
Kinderjaren [Infância]. Amsterdam: De Arbeiderspers, Uitgevers, 2007.
São Bernardo. Amsterdam: Coppens & Frenks, Uitgevers, 1996.

Húngaro

Aszaly [Vidas secas]. Budapeste: Europa Könyvriadó, 1967.
Emberfarkas [S. Bernardo]. Budapeste, 1962.

Inglês

Anguish [Angústia]. Nova York: A. A. Knopf, 1946; Westport, Conn.: Greenwood Press, 1972.
Barren Lives [Vidas secas]. Austin: University of Texas Press, 1965; 5ª ed, 1999.
Childhood [Infância]. Londres: P. Owen, 1979.
São Bernardo: a novel. Londres: P. Owen, 1975.

Italiano

Angoscia [Angústia]. Milão: Fratelli Bocca, 1954.
Insonnia [Insônia]. Roma: Edizioni Fahrenheit 451, 2008.

San Bernardo. Turim: Bollati Boringhieri Editore, 1993.
Siccità [Vidas secas]. Milão: Accademia Editrice, 1963.
Terra Bruciata [Vidas secas]. Milão: Nuova Accademia, 1961.
Vite Secche [Vidas secas]. Roma: Biblioteca Del Vascello, 1993.

Polonês
Zwiedle Zycie [Vidas secas]. 1950.

Romeno
Vieti Seci [Vidas secas]. 1966.

Sueco
Förtorkade Liv [Vidas secas]. 1993.

Tcheco
Vyprahlé Zivoty [Vidas secas]. Praga, 1959.

Turco
Kiraç [Vidas secas]. Istambul, 1985.

BIBLIOGRAFIA SOBRE GRACILIANO RAMOS

Livros, dissertações, teses e artigos de periódicos

ABDALA JÚNIOR, Benjamin. *A escrita neorrealista*: análise socioestilística dos romances de Carlos de Oliveira e Graciliano Ramos. São Paulo: Ática, 1981. xii, 127 p. Bibliografia: p. [120]-127 (Ensaios, 73).

ABDALA JÚNIOR, Benjamin (Org.). *Graciliano Ramos*: muros sociais e aberturas artísticas. Rio de Janeiro: Record, 2017. 336 p. Bibliografia: p. [334]-335.

ABEL, Carlos Alberto dos Santos. *Graciliano Ramos, cidadão e artista*. Rio de Janeiro: UFRJ, 1983. 357 f. Tese (Doutorado) — Faculdade de Letras, Universidade Federal do Rio de Janeiro.

ABEL, Carlos Alberto dos Santos. *Graciliano Ramos, cidadão e artista*. Brasília, DF: Editora UnB, c1997. 384 p. Bibliografia: p. [375]-384.

ABREU, Carmem Lucia Borges de. *Tipos e valores do discurso citado em Angústia*. Niterói: UFF, 1977. 148 f. Dissertação (Mestrado) — Instituto de Letras, Universidade Federal Fluminense.

ALENCAR, Ubireval (Org.). *Motivos de um centenário*: palestras — programação centenária em Alagoas — convidados do simpósio internacional. Alagoas: Universidade Federal de Alagoas: Instituto

Arnon de Mello: Estado de Alagoas, Secretaria de Comunicação Social, 1992. 35 p., il.

ALMEIDA FILHO, Leonardo. *Graciliano Ramos e o mundo interior*: o desvão imenso do espírito. Brasília, DF: Editora UnB, 2008. 164 p.

ALVES, Fabio Cesar. *Armas de papel*: Graciliano Ramos, as Memórias do Cárcere e o Partido Comunista Brasileiro. Prefácio de Francisco Alambert. São Paulo: Editora 34, 2016 (1ª edição). 336 p.

ANDREOLI-RALLE, Elena. *Regards sur la littérature brésilienne*. Besançon: Faculté des Lettres et Sciences Humaines; Paris: Diffusion, Les Belles Lettres, 1993. 136 p., il. (Annales Littéraires de l'Université de Besançon, 492). Inclui bibliografia.

AUGUSTO, Maria das Graças de Moraes. *O absurdo na obra de Graciliano Ramos, ou, de como um marxista virou existencialista*. Rio de Janeiro: UFRJ, Instituto de Filosofia e Ciências Sociais, 1981. 198 p.

BARBOSA, Sonia Monnerat. *Edição crítica de Angústia de Graciliano Ramos*. Niterói: UFF, 1977. 2 v. Dissertação (Mestrado) — Instituto de Letras, Universidade Federal Fluminense.

BASTOS, Hermenegildo. *Memórias do cárcere, literatura e testemunho*. Brasília: Editora UnB, c1998. 169 p. Bibliografia: p. [163]-169.

BASTOS, Hermenegildo. *Relíquias de la casa nueva*. La narrativa Latinoamericana: El eje Graciliano-Rulfo. México: Universidad Nacional Autónoma de México, 2005. Centro Coordinador Difusor de Estúdios Latinoamericanos. Traducción de Antelma Cisneros. 160 p. Inclui bibliografia.

BASTOS, Hermenegildo. BRUNACCI, Maria Izabel. ALMEIDA FILHO, Leonardo. *Catálogo de benefícios*: o significado de uma homenagem. Edição conjunta com o livro *Homenagem a Graciliano Ramos*, registro do jantar comemorativo do cinquentenário do escritor, em 1943, quando lhe foi entregue o Prêmio Filipe de Oliveira pelo conjunto da obra. Reedição da publicação original inclui os discursos pronunciados por escritores presentes ao jantar e artigos publicados na imprensa por ocasião da homenagem. Brasília: Hinterlândia Editorial, 2010. 125 p.

BISETTO, Carmen Luc. *Étude quantitative du style de Graciliano Ramos dans Infância*. [S.l.], [s.n.]: 1976.

BOSI, Alfredo. *História concisa da literatura brasileira*. 32ª ed. Editora Cultrix, São Paulo: 1994. 528 p. Graciliano Ramos. p. 400-404. Inclui bibliografia.

BRASIL, Francisco de Assis Almeida. *Graciliano Ramos*: ensaio. Rio de Janeiro: Org. Simões, 1969. 160 p., il. Bibliografia: p. 153-156. Inclui índice.

BRAYNER, Sônia. *Graciliano Ramos*: coletânea. 2ª ed. Rio de Janeiro: Civilização Brasileira, 1978. 316 p. (Coleção Fortuna Crítica).

BRUNACCI, Maria Izabel. *Graciliano Ramos*: um escritor personagem. Belo Horizonte: Autêntica Editora, 2008. Crítica e interpretação. 190 p. Inclui bibliografia.

BUENO, Luís. *Uma história do romance de 30*. São Paulo: Ed. da Universidade de São Paulo; Campinas: Editora da Unicamp, 2006. 712 p. Graciliano Ramos, p. 597-664. Inclui bibliografia.

BUENO-RIBEIRO, Eliana. *Histórias sob o sol*: uma interpretação de Graciliano Ramos. Rio de Janeiro: UFRJ, 1989. 306 f. Tese (Doutorado) — Faculdade de Letras, Universidade Federal do Rio de Janeiro, 1980.

BULHÕES, Marcelo Magalhães. *Literatura em campo minado*: a metalinguagem em Graciliano Ramos e a tradição brasileira. São Paulo: Annablume, FAPESP, 1999.

BUMIRGH, Nádia R.M.C. *S. Bernardo de Graciliano Ramos*: proposta para uma edição crítica. São Paulo: USP, 1998. Dissertação

(Mestrado) — Faculdade de Filosofia, Letras e Ciências Humanas, Universidade de São Paulo.

CANDIDO, Antonio. *Ficção e confissão*: ensaio sobre a obra de Graciliano Ramos. Rio de Janeiro: J. Olympio, 1956. 83 p.

CANDIDO, Antonio. *Ficção e confissão*: ensaios sobre Graciliano Ramos. Rio de Janeiro: Editora 34, 1992. 108 p., il. Bibliografia: p. [110]-[111].

CARVALHO, Castelar de. *Ensaios gracilianos*. Rio de Janeiro: Ed. Rio, Faculdades Integradas Estácio de Sá, 1978. 133 p. (Universitária, 6).

CARVALHO, Elizabeth Pereira de. *O foco movente em Liberdade*: estilhaço e ficção em Silviano Santiago. Rio de Janeiro: UFRJ, 1992. 113 p. Dissertação (Mestrado) — Faculdade de Letras, Universidade Federal do Rio de Janeiro.

CARVALHO, Lúcia Helena de Oliveira Vianna. *A ponta do novelo*: uma interpretação da "mise en abîme" em *Angústia* de Graciliano Ramos. Niterói: UFF, 1978. 183 f. Dissertação (Mestrado) — Instituto de Letras, Universidade Federal Fluminense.

CARVALHO, Lúcia Helena de Oliveira Vianna. *A ponta do novelo*: uma interpretação de *Angústia*, de Graciliano Ramos. São Paulo: Ática, 1983. 130 p. (Ensaios, 96). Bibliografia: p. [127]-130.

CARVALHO, Lúcia Helena de Oliveira Vianna. *Roteiro de leitura*: *São Bernardo* de Graciliano Ramos. São Paulo: Ática, 1997. 152 p. Brochura.

CARVALHO, Luciana Ribeiro de. *Reflexos da Revolução Russa no romance brasileiro dos anos trinta*: Jorge Amado e Graciliano Ramos. São Paulo, 2000. 139 f. Dissertação (Mestrado) — Faculdade de Filosofia, Letras e Ciências Humanas, Universidade de São Paulo.

CARVALHO, Sônia Maria Rodrigues de. *Traços de continuidade no universo romanesco de Graciliano Ramos*. São Paulo: Universidade Estadual Paulista, 1990. 119 f. Dissertação (Mestrado) — Universidade Estadual Paulista Júlio Mesquita Filho.

CASTELLO, José Aderaldo. *Homens e intenções*: cinco escritores modernistas. São Paulo: Conselho Estadual de Cultura, Comissão de Literatura, 1959. 107 p. (Coleção Ensaio, 3).

CASTELLO, José Aderaldo. *A literatura brasileira*. Origens e Unidade (1500-1960). Dois vols. Editora da Universidade de São Paulo, SP, 1999. Graciliano Ramos, autor-síntese. Vol. II, p. 298-322.

CENTRE DE RECHERCHES LATINO-AMÉRICAINES. *Graciliano Ramos*: Vidas secas. [S.l.], 1972. 142 p.

CERQUEIRA, Nelson. *Hermenêutica e literatura*: um estudo sobre *Vidas secas* de Graciliano Ramos e *Enquanto agonizo* de William Faulkner. Salvador: Editora Cara, 2003. 356 p.

CÉSAR, Murilo Dias. *São Bernardo*. São Paulo: Imprensa Oficial do Estado, 1997. 64 p. Título de capa: *Adaptação teatral livre de São Bernardo, de Graciliano Ramos*.

[CINQUENTA] 50 anos do romance *Caetés*. Maceió: Departamento de Assuntos Culturais, 1984. 106 p. Bibliografia: p. [99]-100.

COELHO, Nelly Novaes. *Tempo, solidão e morte*. São Paulo: Conselho Estadual de Cultura, Comissão de Literatura, [1964]. 75 p. (Coleção Ensaio, 33). Conteúdo: O "eterno instante" na poesia de Cecília Meireles; Solidão e luta em Graciliano Ramos; O tempo e a morte: duas constantes na poesia de Antônio Nobre.

CONRADO, Regina Fátima de Almeida. *O mandacaru e a flor*: a autobiografia *Infância* e os modos de ser Graciliano. São Paulo: Arte & Ciência, 1997. 207 p. (Universidade Aberta, 32. Literatura). Parte da dissertação do autor (Mestrado) — UNESP, 1989. Bibliografia: p. [201]-207.

CORRÊA JUNIOR, Ângelo Caio Mendes. *Graciliano Ramos e o Partido Comunista Brasileiro*: as memórias do cárcere. São Paulo, 2000. 123 p. Dissertação (Mestrado) — Faculdade de Filosofia, Letras e Ciências Humanas, Universidade de São Paulo.

COURTEAU, Joanna. *The World View in the Novels of Graciliano Ramos*. Ann Arbor: Univ. Microfilms Int., 1970. 221 f. Tese (Doutorado) — The University of Wisconsin. Ed. Fac-similar.

COUTINHO, Fernanda. *Imagens da infância em Graciliano Ramos e Antoine de Saint-Exupéry*. Recife: UFPE, 2004. 231 f. Tese (doutorado) — Centro de Artes e Comunicação, Universidade Federal de Pernambuco. Inclui bibliografia.

COUTINHO, Fernanda. *Imagens da infância em Graciliano Ramos e Antoine de Saint-Exupéry*. Fortaleza: Banco do Nordeste do Brasil, 2012. 276p. (Série Textos Nômades). Esta edição comemora os 120 anos de nascimento de Graciliano Ramos.

COUTINHO, Fernanda. *Lembranças pregadas a martelo*: breves considerações sobre o medo em *Infância* de Graciliano Ramos. In *Investigações*: Revista do Programa de Pós-graduação em Letras e Linguística da UFPE. Recife: vol. 13 e 14, dezembro, 2001.

CRISTÓVÃO, Fernando Alves. *Graciliano Ramos*: estrutura e valores de um modo de narrar. Rio de Janeiro: Ed. Brasília; Brasília: INL, 1975. 330 p. il. (Coleção Letras, 3). Inclui índice. Bibliografia: p. 311-328.

CRISTÓVÃO, Fernando Alves. *Graciliano Ramos*: estrutura e valores de um modo de narrar. 2ª ed., rev. Rio de Janeiro: Ed. Brasília/Rio, 1977. xiv, 247 p., il. (Coleção Letras). Bibliografia: p. 233-240.

CRISTÓVÃO, Fernando Alves. *Graciliano Ramos*: estrutura e valores de um modo de narrar. Prefácio de Gilberto Mendonça Teles. 3ª ed., rev. e il. Rio de Janeiro: J. Olympio, 1986. xxxiii, 374 p., il. (Coleção Documentos Brasileiros, 202). Bibliografia: p. 361-374. Apresentado originalmente como tese do autor (Doutorado em Literatura Brasileira) — Universidade Clássica de Lisboa. Brochura.

CRUZ, Liberto; EULÁLIO, Alexandre; AZEVEDO, Vivice M. C. *Études portugaises et brésiliennes*. Rennes: Faculté des Lettres et Sciences

Humaines, 1969. 72 p. facsims. Bibliografia: p. 67-71. Estudo sobre: Júlio Dinis, Blaise Cendrars, Darius Milhaud e Graciliano Ramos. Travaux de la Faculté des Lettres et Sciences Humaines de l'Université de Rennes, Centre d'Études Hispaniques, Hispano-Américaines et Luso-Brésiliennes (Series, 5), (Centre d'Études Hispaniques, Hispano-américaines et Luso-Brésiliennes. [Publications], 5).

DANTAS, Audálio. *A infância de Graciliano Ramos*: biografia. Literatura infantojuvenil. São Paulo: Instituto Callis, 2005.

DIAS, Ângela Maria. *Identidade e memória*: os estilos Graciliano Ramos e Rubem Fonseca. Rio de Janeiro: UFRJ, 1989. 426 f. Tese (Doutorado) — Faculdade de Letras, Universidade Federal do Rio de Janeiro.

D'ONOFRIO, Salvatore. *Conto brasileiro*: quatro leituras (Machado de Assis, Graciliano Ramos, Guimarães Rosa, Osman Lins). Petrópolis: Vozes, 1979. 123 p.

DUARTE, Eduardo de Assis (Org.). *Graciliano revisitado*: coletânea de ensaios. Natal: Ed. Universitária, UFRN, 1995. 227 p. (Humanas letras).

ELLISON, Fred P. *Brazil's New Novel*: Four Northeastern Masters: José Lins do Rego, Jorge Amado, Graciliano Ramos [and] Rachel de Queiroz. Berkeley: University of California Press, 1954. 191 p. Inclui bibliografia.

ELLISON, Fred P. *Brazil's New Novel*: Four Northeastern Masters: José Lins do Rego, Jorge Amado, Graciliano Ramos, Rachel de Queiroz. Westport, Conn.: Greenwood Press, 1979 (1954). xiii, 191 p. Reimpressão da edição publicada pela University of California Press, Berkeley. Inclui índice. Bibliografia: p. 183-186.

FABRIS, M. "Função Social da Arte: Cândido Portinari e Graciliano Ramos". *Rev. do Instituto de Estudos Brasileiros*, São Paulo, n. 38, p. 11-19, 1995.

FARIA, Viviane Fleury. *Um fausto cambembe*: Paulo Honório. Tese (Doutorado) — Brasília: UnB, 2009. Orientação de Hermenegildo Bastos. Programa de Pós-Graduação em Literatura, UnB.

FÁVERO, Afonso Henrique. *Aspectos do memorialismo brasileiro*. São Paulo, 1999. 370 p. Tese (Doutorado) — Faculdade de Filosofia, Letras e Ciências Humanas, Universidade de São Paulo. Graciliano Ramos é um dos três autores que "figuram em primeiro plano na pesquisa, com *Infância* e *Memórias do cárcere*, duas obras de reconhecida importância dentro do gênero".

FELDMANN, Helmut. *Graciliano Ramos*: eine Untersuchung zur Selbstdarstellung in seinem epischen Werk. Genève: Droz, 1965. 135 p. facsims. (Kölner romanistische Arbeiten, n.F., Heft 32). Bibliografia: p. 129-135. Vita. Thesis — Cologne.

FELDMANN, Helmut. *Graciliano Ramos*: reflexos de sua personalidade na obra. [Tradução de Luís Gonzaga Mendes Chaves e José Gomes Magalhães.] Fortaleza: Imprensa Universitária do Ceará, 1967. 227 p. (Coleção Carnaúba, 4). Bibliografia: p. 221-227.

FELINTO, Marilene. *Graciliano Ramos*. São Paulo: Brasiliense, 1983. 78 p., il. "Outros heróis e esse Graciliano". Lista de trabalhos de Graciliano Ramos incluída em "Cronologia": p. 68-75. (Encanto Radical, 30).

FERREIRA, Jair Francelino; BRUNETI, Almir de Campos. *Do meio aos mitos*: Graciliano Ramos e a tradição religiosa. Brasília, 1999. Dissertação (Mestrado) — Universidade de Brasília. 94 p.

FISCHER, Luis Augusto; GASTAL, Susana; COUTINHO, Carlos Nelson (Org.). *Graciliano Ramos*. [Porto Alegre]: SMC, 1993. 80 p. (Cadernos Ponto & Vírgula). Bibliografia: p. 79-80.

FONSECA, Maria Marília Alves da. *Análise semântico-estrutural da preposição "de"* em *Vidas secas, S. Bernardo* e *Angústia*. Niterói: UFF, 1980.

164 f. Dissertação (Mestrado) — Instituto de Letras, Universidade Federal Fluminense.

FRAGA, Myriam. *Graciliano Ramos*. São Paulo: Moderna, 2007. Coleção Mestres da Literatura. (Literatura infantojuvenil).

FREIXIEIRO, Fábio. *Da razão à emoção II*: ensaios rosianos e outros ensaios e documentos. Rio de Janeiro: Tempo Brasileiro, 1971. 192 p. (Temas de Todo o Tempo, 15).

GARBUGLIO, José Carlos; BOSI, Alfredo; FACIOLI, Valentim. *Graciliano Ramos*. Participação especial, Antonio Candido [et al.]. São Paulo: Ática, 1987. 480 p., il. (Coleção Autores Brasileiros. Antologia, 38. Estudos, 2). Bibliografia: p. 455-480.

GIMENEZ, Erwin Torralbo. O olho torto de Graciliano Ramos: metáfora e perspectiva. *Revista USP*, São Paulo, nº 63, p. 186-196, set/nov, 2004.

GUEDES, Bernadette P. *A Translation of Graciliano Ramos' Caetes*. Ann Arbor: Univ. Microfilms Int, 1976. 263 f. Tese (Doutorado) — University of South Carolina. Ed. fac-similar.

GUIMARÃES, José Ubireval Alencar. *Graciliano Ramos*: discurso e fala das memórias. Porto Alegre: PUC/RS, 1982. 406 f. Tese (Doutorado) — Instituto de Letras e Artes, Pontifícia Universidade Católica do Rio Grande do Sul.

GUIMARÃES, José Ubireval Alencar. *Graciliano Ramos e a fala das memórias*. Maceió: [Serviços Gráficos de Alagoas], 1988. 305 p., il. Bibliografia: p. [299]-305.

GUIMARÃES, José Ubireval Alencar. *Vidas secas*: um ritual para o mito da seca. Maceió: EDICULTE, 1989. 160 p. Apresentado originalmente como dissertação de Mestrado do autor. — Pontifícia Universidade Católica do Rio Grande do Sul. Bibliografia: p. [155]--157.

HAMILTON JUNIOR, Russell George. *A arte de ficção de Graciliano Ramos*: a apresentação de personagens. Ann Arbor: Univ. Microfilms Int., 1965. Tese (Doutorado) — Yale University. Ed. fac-similar, 255 f.

HESSE, Bernard Hermann. *O escritor e o infante*: uma negociação para a representação em Infância. Brasília, 2007. Tese (Doutorado) — Orientação de Hermenegildo Bastos. Programa de Pós-graduação de Literatura — Universidade de Brasília.

HILLAS, Sylvio Costa. *A natureza interdisciplinar da teoria literária no estudo sobre Vidas secas*. Rio de Janeiro: UFRJ, 1999. 105 f. Dissertação (Mestrado) — Faculdade de Letras, Universidade Federal do Rio de Janeiro.

HOLANDA, Lourival. *Sob o signo do silêncio*: Vidas secas e O estrangeiro. São Paulo: EDUSP, 1992. 91 p. Bibliografia: p. [89]-91. (Criação & Crítica, 8).

LEBENSZTAYN, Ieda. *Graciliano Ramos e a Novidade*: o astrônomo do inferno e os meninos impossíveis. São Paulo: Ed. Hedra em parceria com a Escola da Cidade (ECidade), 2010. 524 p.

LEITÃO, Cláudio Correia. *Origens e fins da memória*: Graciliano Ramos, Joaquim Nabuco e Murilo Mendes. Belo Horizonte, 1997. 230 f. Tese (Doutorado) — Universidade Federal de Minas Gerais.

LEITÃO, Cláudio. *Líquido e incerto*: memória e exílio em Graciliano Ramos. Niterói: EdUFF, São João del Rei: UFSJ, 2003. 138 p.

LIMA, Valdemar de Sousa. *Graciliano Ramos em Palmeira dos Índios*. [Brasília]: Livraria-Editora Marco [1971]. 150 p., il. 2ª ed. Civilização Brasileira, 1980.

LIMA, Yêdda Dias; REIS, Zenir Campos (Coord.). *Catálogo de manuscritos do arquivo Graciliano Ramos*. São Paulo: EDUSP, [1992]. 206 p. (Campi, 8). Inclui bibliografia.

LINS, Osman. *Graciliano, Alexandre e outros*. Vitral ao sol. Recife, Editora Universitária da UFPE, p. 300-307, julho, 2004.

LOUNDO, Dilip. *Tropical rhymes, tropical reasons*. An Anthology of Modern Brazilian Literature. National Book Trust, Índia. Nova Délhi, 2001.

LUCAS, Fabio. *Lições de literatura nordestina*. Salvador: Fundação Casa de Jorge Amado, 2005. Coleção Casa de Palavras, 240 p. "Especificações de Vidas secas", p. 15-35, "A textualidade contida de Graciliano Ramos", p. 39-53, "Graciliano retratado por Ricardo Ramos", p. 87--98. Inclui bibliografia.

MAGALHÃES, Belmira. *Vidas secas*: os desejos de sinha Vitória. HD Livros Editora Curitiba, 2001.

MAIA, Ana Luiza Montalvão; VENTURA, Aglaeda Facó. *O contista Graciliano Ramos*: a introspecção como forma de perceber e dialogar com a realidade. Brasília, 1993. 111 f. Dissertação (Mestrado) — Universidade de Brasília.

MAIA, Pedro Moacir. *Cartas inéditas de Graciliano Ramos a seus tradutores argentinos Benjamín de Garay e Raúl Navarro*. Salvador: EDUFBA, 2008. 164 p.: il.

MALARD, Letícia. *Ensaio de literatura brasileira*: ideologia e realidade em Graciliano Ramos. Belo Horizonte: Itatiaia, [1976]. 164 p. (Coleção Universidade Viva, 1). Bibliografia: p. 155-164. Apresentado originalmente como tese de Doutorado da autora — Universidade Federal de Minas Gerais, 1972.

MANUEL Bandeira, Aluisto [i.e. Aluisio] Azevedo, Graciliano Ramos, Ariano Suassuna: [recueil de travaux présentés au séminaire de 1974]. Poitiers: Centre de Recherches Latino-Américaines de l'Université de Poitiers, 1974. 167 p. (Publications du Centre de Recherches Latino-Américaines de l'Université de Poitiers). Francês ou português. Conteúdo: Roig, A. Manuel Bandeira, ou l'enfant père du poète, Garbuglio, J. C. Bandeira entre o Beco e

Pasárgada, Vilhena, M. da C. Duas cantigas medievais de Manuel Bandeira, Mérian, J.-Y. Un roman inachevé de Aluisio Azevedo, Alvès, J. Lecture plurielle d'un passage de *Vidas secas*, David--Peyre, Y. Les personnages et la mort dans *Relíquias de Casa Velha*, de Machado de Assis, Moreau, A. Remarques sur le dernier acte de l'*Auto da Compadecida*, Azevedo-Batard, V. Apports inédits à l'oeuvre de Graciliano Ramos.

MARINHO, Maria Celina Novaes. *A imagem da linguagem na obra de Graciliano Ramos*: uma análise da heterogeneidade discursiva nos romances *Angústia* e *Vidas secas*. São Paulo: Humanitas, FFLCH/ USP, 2000. 110 p. Apresentado originalmente como dissertação do autor (Mestrado) — Universidade de São Paulo, 1995. Bibliografia: p. [105]-110.

MAZZARA, Richard A. *Graciliano Ramos*. Nova York: Twayne Publishers, [1974]. 123 p. (Twayne's World Authors Series, TWAS 324. Brazil). Bibliografia: p. 121-122.

MEDEIROS, Heloísa Marinho de Gusmão. *A mulher na obra de Graciliano Ramos*. Maceió, Universidade Federal de Alagoas/Depto de Letras Estrangeiras, 1994.

MELLO, Marisa Schincariol de. *Graciliano Ramos*: criação literária e projeto político (1930-1953). Rio de Janeiro, 2005. Dissertação (Mestrado). História Contemporânea. Universidade Federal Fluminense (UFF).

MERCADANTE, Paulo. *Graciliano Ramos*: o manifesto do trágico. Rio de Janeiro: Topbooks, 1993. 167 p. Inclui bibliografia.

MIRANDA, Wander Melo. *Corpos escritos*: Graciliano Ramos e Silviano Santiago. São Paulo: EDUSP; Belo Horizonte: Editora UFMG, 1992. 174 p. Apresentado originalmente como tese do autor (Doutorado) — Universidade de São Paulo, 1987. Bibliografia: p. [159]-174.

MIRANDA, Wander Melo. *Graciliano Ramos*. São Paulo: Publifolha, 2004. 96 p.

MORAES, Dênis de. *O velho Graça*. Rio de Janeiro: J. Olympio, 1992. xxiii, 407 p., il. Subtítulo de capa: Uma biografia de Graciliano Ramos. Bibliografia: p. 333-354. Inclui índice. São Paulo: Boitempo Editorial, 2012. 2ª ed., 360 p.

MOTTA, Sérgio Vicente. *O engenho da narrativa e sua árvore genealógica*: das origens a Graciliano Ramos e Guimarães Rosa. São Paulo: UNESP, 2006.

MOURÃO, Rui. *Estruturas*: ensaio sobre o romance de Graciliano. Belo Horizonte: Edições Tendências, 1969. 211 p. 2ª ed., Arquivo, INL, 1971. 3ª ed., Ed. UFPR, 2003.

MUNERATTI, Eduardo. *Atos agrestes*: uma abordagem geográfica na obra de Graciliano Ramos. São Paulo, 1994. 134 p. Dissertação (Mestrado em Geografia Humana) — Faculdade de Filosofia, Letras e Ciências Humanas, Universidade de São Paulo.

MURTA, Elício Ângelo de Amorim. *Os nomes (próprios) em Vidas secas*. Concurso monográfico "50 anos de Vidas secas". Universidade Federal de Alagoas, 1987.

NASCIMENTO, Dalma Braune Portugal do. *Fabiano, herói trágico na tentativa do ser*. Rio de Janeiro: UFRJ, 1976. 69 f. Dissertação (Mestrado) — Faculdade de Letras, Universidade Federal do Rio de Janeiro.

NASCIMENTO, Dalma Braune Portugal do. *Fabiano, herói trágico na tentativa do ser*. Rio de Janeiro: Edições Tempo Brasileiro, 1980. 59 p. Bibliografia: p. 55-59.

NEIVA, Cícero Carreiro. *Vidas secas e Pedro Páramo*: tecido de vozes e silêncios na América Latina. Rio de Janeiro: UFRJ, 2001. 92 f. Dissertação (Mestrado) — Faculdade de Letras, Universidade Federal do Rio de Janeiro.

NERY, Vanda Cunha Albieri. *Graça eterno*. No universo infinito da criação. (Doutorado em Comunicação e Semiótica). Pontifícia Universidade Católica de São Paulo, 1995.

NEVES, João Alves das. *Graciliano Ramos*. Coimbra: Atlântida, 1963. 212 p.

NOGUEIRA, Ruth Persice. *Jornadas e sonhos*: a busca da utopia pelo homem comum: estudo comparativo dos romances *As vinhas da ira* de John Steinbeck e *Vidas secas* de Graciliano Ramos. Rio de Janeiro: UFRJ, 1994. 228 f. Tese (Doutorado) — Faculdade de Letras, Universidade Federal do Rio de Janeiro.

NUNES, M. Paulo. *A lição de Graciliano Ramos*. Teresina: Editora Corisco, 2003.

OLIVEIRA, Celso Lemos de. *Understanding Graciliano Ramos*. Columbia, S.C.: University of South Carolina Press, 1988. 188 p. (Understanding Contemporary European and Latin American Literature). Inclui índice. Bibliografia: p. 176-182.

OLIVEIRA NETO, Godofredo de. *A ficção na realidade em São Bernardo*. 1ª ed. Belo Horizonte: Nova Safra; [Blumenau]: Editora da FURB, 1990. 109 p., il. Baseado no capítulo da tese do autor (Doutorado — UFRJ, 1988), apresentado sob o título: *O nome e o verbo na construção de São Bernardo*. Bibliografia: p. 102-106.

OLIVEIRA, Jurema José de. *O espaço do oprimido nas literaturas de língua portuguesa do século XX*: Graciliano Ramos, Alves Redol e Fernando Monteiro de Castro Soromenho. Rio de Janeiro: UFRJ, 1998. 92 p. Dissertação (Mestrado) — Faculdade de Letras, Universidade Federal do Rio de Janeiro.

OLIVEIRA, Luciano. *O bruxo e o rabugento*. Ensaios sobre Machado de Assis e Graciliano Ramos. Rio de Janeiro: Vieira & Lent, 2010.

OLIVEIRA, Maria de Lourdes. *Cacos de Memória*: Uma leitura de *Infância*, de Graciliano Ramos. Belo Horizonte, 1992. 115 f. Dissertação (Mestrado) — Universidade Federal de Minas Gerais.

PALMEIRA DOS ÍNDIOS. Prefeitura. *Dois relatórios ao governador de Alagoas*. Apresentação de Gilberto Marques Paulo. Recife: Prefeitura da Cidade do Recife, Secretaria de Educação e Cultura, Fundação de Cultura Cidade do Recife, 1992. 44 p. "Edição comemorativa ao centenário de nascimento do escritor Graciliano Ramos (1892--1953)." Primeiro trabalho publicado originalmente: Relatório ao Governador do Estado de Alagoas. Maceió: Impr. Official, 1929. Segundo trabalho publicado originalmente: 2º Relatório ao Sr. Governador Álvaro Paes. Maceió: Impr. Official, 1930.

PEÑUELA CAÑIZAL, Eduardo. *Duas leituras semióticas*: Graciliano Ramos e Miguel Ángel Asturias. São Paulo: Perspectiva, Secretaria da Cultura, Ciência e Tecnologia do Estado de São Paulo, 1978. 88 p. (Coleção Elos, 21).

PEREGRINO JÚNIOR. *Três ensaios*: modernismo, Graciliano, Amazônia. Rio de Janeiro: São José, 1969. 134 p.

PEREIRA, Isabel Cristina Santiago de Brito; PATRIOTA, Margarida de Aguiar. *A configuração da personagem no romance de Graciliano Ramos*. Brasília, 1983. Dissertação (Mestrado) — Universidade de Brasília. 83 p.

PINTO, Rolando Morel. *Graciliano Ramos, autor e ator*. [São Paulo: Faculdade de Filosofia, Ciências e Letras de Assis, 1962.] 189 p. fac-sím. Bibliografia: p. 185-189.

PÓLVORA, Hélio. "O conto na obra de Graciliano." Ensaio: p. 53-61. *Itinerários do conto: interfaces críticas e teóricas de modern short stories*. Ilhéus: Editus, 2002. 252 p.

PÓLVORA, Hélio. *Graciliano, Machado, Drummond e outros*. Rio de Janeiro: F. Alves, 1975. 158 p.

PÓLVORA, Hélio. "Infância: A maturidade da prosa." "Imagens recorrentes em *Caetés*." "O anti-herói trágico de *Angústia*." Ensaios, p. 81-104. *O espaço interior*. Ilhéus: Editora da Universidade Livre do Mar e da Mata, 1999. 162 p.

PUCCINELLI, Lamberto. *Graciliano Ramos*: relações entre ficção e realidade. São Paulo: Edições Quíron, 1975. xvii, 147 p. (Coleção Escritores de Hoje, 3). "Originalmente a dissertação de Mestrado Graciliano Ramos — figura e fundo, apresentada em 1972 na disciplina de Sociologia da Literatura à Faculdade de Filosofia, Letras e Ciências Humanas da Universidade de São Paulo." Bibliografia: p. 145-146.

RAMOS, Clara. *Cadeia*. Rio de Janeiro: J. Olympio, 1992. 213 p., il. Inclui bibliografia.

RAMOS, Clara. *Mestre Graciliano*: confirmação humana de uma obra. [Capa, Eugênio Hirsch]. Rio de Janeiro: Civilização Brasileira, 1979. 272 p., il. (Coleção Retratos do Brasil, 134). Inclui bibliografia.

RAMOS, Elizabeth S. *Histórias de bichos em outras terras*: a transculturação na tradução de Graciliano Ramos. Salvador: UFBA, 1999. Dissertação (Mestrado) — Instituto de Letras, Universidade Federal da Bahia.

RAMOS, Elizabeth S. *Vidas Secas e The Grapes of Wrath* — o implícito metafórico e sua tradução. Salvador: UFBA, 2003. 162 f. Tese (Doutorado) — Instituto de Letras, Universidade Federal da Bahia.

RAMOS, Elizabeth S. *Problems of Cultural Translation in Works by Graciliano Ramos*. Yale University-Department of Spanish and Portuguese, Council on Latin American and Iberian Studies. New Haven, EUA, 2004.

RAMOS, Ricardo. *Graciliano*: retrato fragmentado. São Paulo: Globo, 2011. 2ª ed. 270 p.

REALI, Erilde Melillo. *Itinerario nordestino di Graciliano Ramos*. Nápoles [Itália]: Intercontinentalia, 1973. 156 p. (Studi, 4).

REZENDE, Stella Maris; VENTURA, Aglaeda Facó. *Graciliano Ramos e a literatura infantil*. Brasília, 1988. 101 p. Dissertação (Mestrado) — Universidade de Brasília.

RIBEIRO, Magdalaine. Infância de Graciliano Ramos. Autobiografia ou radiografia da realidade nordestina? In: *Identidades e representações na cultura brasileira*. Rita Olivieri-Gadot, Lícia Soares de Souza (Org.). João Pessoa: Ideia, 2001.

RIBEIRO, Maria Fulgência Bomfim. *Escolas da vida e grafias de má morte*: a educação na obra de Graciliano Ramos. Dissertação (Mestrado). Departamento de Letras e Artes, Universidade Estadual de Feira de Santana, 2003.

RISSI, Lurdes Theresinha. *A expressividade da semântica temporal e aspectual em S. Bernardo e Angústia*. Niterói: UFF, 1978. 142 f. Dissertação (Mestrado) — Instituto de Letras, Universidade Federal Fluminense.

SALLA, Thiago Mio. *As marcas de um autor revisor*: Graciliano Ramos à roda dos jornais e das edições de seus próprios livros. *Revista de Núcleo de Estudos do Livro e da Edição*, n. 5, p. 95-121. USP, 2015.

SALLA, Thiago Mio. *Graciliano Ramos e a Cultura Política*: mediação editorial e construção do sentido. São Paulo: Editora da Universidade de São Paulo/ Fapesp, 2016. 584 p., il. Inclui bibliografia e índice onomástico.

SALLA, Thiago Mio. *Graciliano na terra de Camões*. Cotia, SP: Ateliê Editorial; São Paulo: Nankin, 2021.

SANT'ANA, Moacir Medeiros de. *A face oculta de Graciliano Ramos*. Maceió: Secretaria de Comunicação Social: Arquivo Público de Alagoas, 1992. 106 p., il. Subtítulo de capa: Os 80 anos de um inquérito literário. Inclui: "A arte e a literatura em Alagoas", do Jornal de Alagoas, publicado em 18/09/1910 (p. [37]-43). Inclui bibliografia.

SANT'ANA, Moacir Medeiros de. *Graciliano Ramos*: achegas biobibliográficas. Maceió: Arquivo Público de Alagoas, SENEC, 1973. 92 p., il. Inclui bibliografias.

SANT'ANA, Moacir Medeiros de. *Graciliano Ramos*: vida e obra. Maceió: Secretaria de Comunicação Social, 1992. 337 p., il. ret., fac-símiles. Dados retirados da capa. Bibliografia: p. 115-132.

SANT'ANA, Moacir Medeiros de. *Graciliano Ramos antes de Caetés*: catálogo da exposição biobibliográfica de Graciliano Ramos, comemorativa dos 50 anos do romance *Caetés*, realizada pelo Arquivo Público de Alagoas em novembro de 1983. Maceió: Arquivo Público de Alagoas, 1983. 42 p., il. Título de capa: Catálogo, Graciliano Ramos antes de Cahetés. Inclui bibliografia. Contém dados biográficos.

SANT'ANA, Moacir Medeiros de. *História do romance Caetés*. Maceió: Arquivo Público: Subsecretaria de Comunicação Social, 1983. 38 p., il. Inclui bibliografia.

SANT'ANA, Moacir Medeiros de. *O romance S. Bernardo*. Maceió: Universidade Federal de Alagoas, 1984. 25 p. "Catálogo da Exposição Bibliográfica 50 Anos de *S. Bernardo*" realizada pelo Arquivo Público de Alagoas em dezembro de 1984. Contém dados biográficos. Bibliografia: p. 17-25.

SANT'ANA, Moacir Medeiros de. *Vidas secas*: história do romance. Recife: Sudene, 1999. 150 p., il. "Bibliografia sobre *Vidas secas*": p. [95]-117.

SANTIAGO, Silviano. *Em liberdade*: uma ficção de Silviano Santiago. Rio de Janeiro: Paz e Terra, 1981. 235 p. (Coleção Literatura e Teoria Literária, 41).

SANTOS, Valdete Pinheiro. *A metaforização em Vidas secas*: a metáfora de base animal. Rio de Janeiro: UFRJ, 1979. 65 f. Dissertação (Mestrado) — Faculdade de Letras, Universidade Federal do Rio de Janeiro.

SÉMINAIRE GRACILIANO RAMOS, 1971, Poitiers. *Graciliano Ramos*: Vidas secas. Poitiers [França]: Centre de Recherches Latino-Américaines de l'Université de Poitiers, 1972. 142 p. (Publications du Centre de Recherches Latino-Américaines de l'Université de Poitiers). Seminários: fev.-jun. de 1971. Inclui bibliografia.

SERRA, Tânia Rebelo Costa. *Análise histórica de Vidas secas de Graciliano Ramos*. Brasília, 1980. 17 f.

SILVA, Bélchior Cornelio da. *O pio da coruja*: ensaios literários. Belo Horizonte: Ed. São Vicente, 1967. 170 p.

SILVA, Enaura Quixabeira Rosa e outros. *Angústia 70 anos depois*. Maceió: Ed. Catavento, 2006. 262 p.

SILVA, Hélcio Pereira da. *Graciliano Ramos*: ensaio crítico-psicanalítico. Rio de Janeiro, Aurora, 1950. 134 p., 2ª ed. rev., Ed. G. T. L., 1954.

SILVEIRA, Paulo de Castro. *Graciliano Ramos*: nascimento, vida, glória e morte. Maceió: Fundação Teatro Deodoro, 1982. 210 p.: il.

SOUZA, Tânia Regina de. *A infância do velho Graciliano*: memórias em letras de forma, Florianópolis: Editora da UFSC, 2001.

STEGAGNO-PICCHIO, Luciana. *História da literatura brasileira*. Rio de Janeiro: Nova Aguilar, 2ª ed., 2004. 744 p. "O Nordeste em ponta seca: Graciliano Ramos." p. 531-533. Inclui bibliografia.

TÁTI, Miécio. "Aspectos do romance de Graciliano Ramos". *Temário — Revista de Literatura e Arte*, Rio de Janeiro, v. 2, n. 4, p. 1-19, jan.-abr., 1952.

UNIVERSIDADE DE BRASÍLIA. *Roteiro de Vidas secas*: seminário sobre o livro de Graciliano Ramos e o filme de Nelson Pereira dos Santos. Brasília, 1965. 63 p.

UNIVERSITÉ DE POITIERS. *Manuel Bandeira, Aluísio Azevedo, Graciliano Ramos, Ariano Suassuna*. Poitiers, 1974. Texto em francês e português. 167 p.

VENTURA, Susanna Ramos. *Escritores revisitam escritores*: a leitura de Fernando Pessoa e Ricardo Reis, por José Saramago, e de Graciliano Ramos e Cláudio Manuel da Costa, por Silviano Santiago. São Paulo, 2000. 194 p. Anexos. Dissertação (Mestrado) — Faculdade de Filosofia, Letras e Ciências Humanas, Universidade de São Paulo.

VERDI, Eunaldo. *Graciliano Ramos e a crítica literária*. Prefácio de Edda Arzúa Ferreira. Florianópolis: Ed. da UFSC, 1989. 184 p., il. Apresentado originalmente como dissertação de Mestrado do autor — Universidade Federal de Santa Catarina, 1983. Bibliografia: p. 166-180.

VIANA, Vivina de Assis. *Graciliano Ramos*. São Paulo: Nova Cultural, 1990. 144 p.

VIANNA, Lúcia Helena. *Roteiro de leitura*: *São Bernardo* de Graciliano Ramos. São Paulo: Ática, 1997. 152 p., il.

ZILBERMAN, Regina. *São Bernardo e os processos da comunicação*. Porto Alegre: Movimento, 1975. 66 p. (Coleção Augusto Meyer: Ensaios, 8). Inclui bibliografia.

Produções cinematográficas

Vidas secas — Direção de Nelson Pereira dos Santos, 1963.

São Bernardo — Direção, adaptação e roteiro de Leon Hirszman, 1972.

Memórias do cárcere — Direção de Nelson Pereira dos Santos, 1983.

Produção para rádio e TV

São Bernardo — novela em capítulos baseada no romance, adaptado para a Rádio Globo do Rio de Janeiro por Amaral Gurgel, em 1949.

São Bernardo — Quarta Nobre baseada no romance, adaptado em um episódio para a TV Globo por Lauro César Muniz, em 29 de junho de 1983.

A terra dos meninos pelados — musical infantil baseado na obra homônima, adaptada em quatro episódios para a TV Globo por Cláudio Lobato e Márcio Trigo, em 2003.

Graciliano Ramos — Relatos da Sequidão. DVD — Vídeo. Direção, roteiro e entrevistas de Maurício Melo Júnior. TV Senado, 2010.

Prêmios literários

Prêmio Lima Barreto, pela Revista Acadêmica (conferido a *Angústia*, 1936).

Prêmio de Literatura Infantil, do Ministério da Educação (conferido a *A terra dos meninos pelados*, 1937).

Prêmio Felipe de Oliveira (pelo conjunto da obra, 1942).

Prêmio Fundação William Faulkner (conferido a *Vidas secas*, 1962). Por iniciativa do governo do Estado de Alagoas, os Serviços Gráficos de Alagoas S.A. (SERGASA) passaram a se chamar, em 1999, Imprensa Oficial Graciliano Ramos (Iogra).

Em 2001 é instituído pelo governo do Estado de Alagoas o ano Graciliano Ramos, em decreto de 25 de outubro. Neste mesmo ano, em votação popular, Graciliano é eleito o alagoano do século.

Medalha Chico Mendes de Resistência, conferida pelo grupo Tortura Nunca Mais, em 2003.

Prêmio Recordista 2003, Categoria Diamante, pelo conjunto da obra.

Exposições

Exposição Graciliano Ramos, 1962, Rio de Janeiro, Biblioteca Nacional.

Exposição Retrospectiva das Obras de Graciliano Ramos, 1963, Curitiba (10º aniversário de sua morte).

Mestre Graça: "Vida e Obra" — comemoração ao centenário do nascimento de Graciliano Ramos, 1992. Maceió, Governo de Alagoas.

Lembrando Graciliano Ramos — 1892-1992. Seminário em homenagem ao centenário de seu nascimento. Fundação Cultural do Estado da Bahia. Salvador, 1992.

Semana de Cultura da Universidade de São Paulo. Exposição Interdisciplinar Construindo Graciliano Ramos: *Vidas secas*. Instituto de Estudos Brasileiros/USP, 2001-2002.

Colóquio Graciliano Ramos — Semana comemorativa de homenagem pelo cinquentenário de sua morte. Academia de Letras da Bahia, Fundação Casa de Jorge Amado. Salvador, 2003.

Exposição O Chão de Graciliano, 2003, São Paulo, SESC Pompéia. Projeto e curadoria de Audálio Dantas.

Exposição O Chão de Graciliano, 2003, Araraquara, SP. SESC — Apoio UNESP. Projeto e curadoria de Audálio Dantas.

Exposição O Chão de Graciliano, 2003/04, Fortaleza, CE. SESC e Centro Cultural Banco do Nordeste. Projeto e curadoria de Audálio Dantas.

Exposição O Chão de Graciliano, 2003, Maceió, SESC São Paulo e Secretaria de Cultura do Estado de Alagoas. Projeto e curadoria de Audálio Dantas.

Exposição O Chão de Graciliano, 2004, Recife, SESC São Paulo, Fundação Joaquim Nabuco e Banco do Nordeste. Projeto e curadoria de Audálio Dantas.

4º Salão do Livro de Minas Gerais. Graciliano Ramos — 50 anos de sua morte, 50 anos de *Memórias do cárcere*, 2003. Câmara Brasileira do Livro. Prefeitura de Belo Horizonte.

Entre a morte e a vida. Cinquentenário da morte: Graciliano Ramos. Centenário do nascimento: Domingos Monteiro, João Gaspar Simões, Roberto Nobre. Exposição Bibliográfica e Documental. Museu Ferreira de Castro. Portugal, 2003.

Exposição Conversas de Graciliano Ramos, 2014, São Paulo, Museu da Imagem e do Som. Projeto e curadoria de Selma Caetano.

Exposição O Cronista Graciliano, 2015, Rio de Janeiro, Arte SESC. Projeto e curadoria de Selma Caetano.

www.graciliano.com.br
www.gracilianoramos.com.br